Doudou

le ballon

la peinture

les petits pois

le dessin

la poire

papa

le livre

le vélo

le tablier

le banc

Pilou

les coussins

le toboggan

maman

Un personnage de Thierry Courtin
Couleurs : Françoise Ficheux

Conforme à la loi n°49.956 du 16 juillet 1949
sur les publications destinées à la jeunesse.
© Éditions Nathan, 2007
ISBN : 978-2-09-251380-4
N° d'éditeur : 10135978 – dépôt légal : août 2007
Imprimé en France par Pollina - L43902

T'choupi
à l'école

Illustrations de Thierry Courtin

marche vers l'école avec  .

T'choupi

papa

Dans son petit , il a mis son doudou

sac à dos

et un paquet de gâteaux !

Avant d'entrer dans la classe, T'choupi

enlève son ![manteau] et l'accroche au ![portemanteau].

manteau

portemanteau

Puis il pose Doudou dans le  !

panier à doudous

La ![maîtresse] est déjà là :

maîtresse

— Bonjour T'choupi !

T'CHOUPI   MILA   PIL

T'choupi dit au revoir à papa

et il rejoint son copain  qui fait

Pilou

de jolis dessins.

Sur une , T'choupi commence

feuille

à dessiner avec des .

feutres

Un peu plus tard, les enfants font

un parcours de motricité. Il faut rouler

sur un 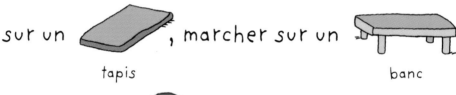, marcher sur un

tapis   banc

et lancer un . T'choupi a tout fait

ballon

sans tomber. Il s'écrie :

— Je suis un champion !

Dring ! la  sonne : c'est

cloche

la récréation. Dans la cour, on peut

faire du 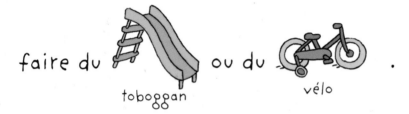 ou du .

toboggan   vélo

Avec les copains, on s'amuse bien,

même s'il y a parfois des petites disputes.

En revenant dans la classe, T'choupi fait

un exercice pour apprendre les chiffres.

Il entoure des sur son :

fraises   cahier

1, 2, 3, 4, 5... il sait bien compter !

C'est l'heure de manger. À la cantine,

T'choupi s'assoit à la table de Pilou

et Lalou. Il y a des concombres en entrée,

une en dessert... et comme plat ?

poire

— Du et des : youpi !

poisson pané   petits pois

s'exclame T'choupi.

Après le repas, les petits vont faire

la sieste. T'choupi enlève ses

chaussures

et s'allonge sur son . Parfois,

lit

c'est un peu difficile de s'endormir.

Heureusement, il serre contre lui.

Doudou

Après la sieste, la maîtresse a préparé

des petits ateliers. On peut faire

de la ou de la pâte à modeler.

peinture

T'choupi prend un et enfile

pinceau

son : il a plein d'idées !

tablier

À la fin de la journée, la maîtresse

lit une histoire : elle choisit un

livre

et tout le monde s'installe autour d'elle

sur des petits ████ .

coussins

T'choupi écoute bien !

Dring ! c'est l'heure des mamans

et des papas. T'choupi court

vers sa et saute dans ses bras.

maman

— Maman, j'ai un [dessin] pour toi !

dessin

Retrouve sur ce dessin tout ce que T'choupi a vu à l'école :

une maîtresse
un panier à doudous
Doudou
une feuille
des feutres
un lit
un cahier
de la peinture
un pinceau
un dessin
un livre
des coussins
un toboggan
un ballon
un tablier

T'choupi

les fraises

le manteau

le portemanteau

le sac à dos

le cahier

le panier à doudous

le poisson pané

la feuille

la cloche

la maîtresse

les feutres

le tapis

les chaussures

le lit